달빛의 무게

채수영 시집

새미

머리말

시의 숲길에서

    내 운명은 먼 여정에 목마른 발길이었다. 무언가를 찾아 헤매는 일이 문학의 숲이었고 여기서 시는 또 다른 세계와 만나는 통로의 기능을 깨닫기까지 나의 방황은 일상이었다. 그러나 내 삶의 순수 의상을 필요로 한다는 자각 앞에 남루를 걸친 모습일망정, 돌아보아 부끄럼 없이 길을 가는 동반의 행로는 아름다움이었다. 이제 날마다 시의 숲길을 배회하는 고달픔조차 행복한 보폭에 담고 싶다. 아득한 길을 앞에 남겨 두고 다시 떠나기 위해 비움의 공간을 정리하는 것도 즐거움의 표정일 것 같다.

12.12.7.
文士苑에서/저자 삼가

목차

제1부 꽃에게 묻는 말

제3부 첫사랑을 찾고 싶다

제4부 먼 불빛을 보면 그곳에 가고 싶다

제1부 | 꽃에게 묻는 말

꽃피는 날은

마음을 열어야겠네 세상이
열리는 풍경 두 눈의 놀람을
가슴에 담기 위해
바라보는 세상사 그때
꽃들은 말을 걸기 위해 한결
빛나는 팻말을 걸고 서성이는데
호들갑으로 향기를 앞세우는 바람
봄은 그렇게 오느라
조급증에 바쁜 걸음인데, 아직도 무거운
짐을 벗지 못한 춘삼월은
시샘으로 언덕을 넘으려는 어긋난 순서에
아지랑이는 소식에 묻어오느라
흐린 얼굴인 듯 웃음을 참는
바람결에 언뜻 보이는
환한 세상 그런
풍경화.

'12.3.14.

봄비

창문만 두드리면 좋으련만
마음 휘둘려 없어도 있는 소리가
떼로 몰려오는 우레라
놀람조차 낯설고
높은 성을 쌓을 수 없어
함락당하는 초라한 패장
어디로 숨을까 길이 없는데
어느새 세상을 점령한 풀꽃들의 겸손
비는 그렇게 문을 여는 일로
세상을 흔드는 노래, 나는 다만
바라보는 일로
눈이 멀었네.

'12.3.23.

꽃에게 묻는 말

물어도 대답이 없는 웃음 앞에
젊은 날 내 여인의 얼굴이라
만질 수도 없어 그저 바라만 보는
마음으로는 화려한데
대칭으로 이룬 조화의 세상 속에
내 꿈을 전달할 수만 있다면
그림자는 점차 외로움을 잊고
따스함에 흐르는 소리가 들릴 텐데
오늘은 바람 부는 봄
꽃에게 가는 바람을 붙잡고
조용조용 걸음을 가르치는 일도
기쁨 중에도 좋은 기쁨이다

'12.3.27.

落花雨

서러움 같은 바람이
꽃잎을 흔들 때마다
날아가는 향기의 행방을 쫓는
두 눈은 이미 감겨 있네

가슴 텅 비어 있음도 죄이련만
따라가는 마음이 끝 모르게 방황하는
오늘은, 미쳐 날뛰는 듯 꽃 지는 아픔이
가슴에 젖어 설혹

낙화우落花雨의 슬픔을 안다 해도
작은 이별이 큰 강물을 이루는
바람탓을 하기엔 너무 먼 거리에
서성이는 나의 영혼

그리움 한 자락의 무게를 두고
길을 떠나기엔 세상이 너무 밝아

다음 순서를 기다리는 아득함도
넘어야 할 향기를 따르는 일이 고작인데
내 고독은 먼 마을의 저녁연기 같다

`12.4.20.

쓸쓸함을 위한 간주곡

무료함이 무거워지면
졸음은 문 앞에서 서성이고
햇살이 조용한 손길로 다가들 때
무거워 들어 올릴 수도 없는 시간은
손짓도 없이 지나는
꽃들은 피고 또 지느라
정리가 미완으로 남는 숙제
풀 향기들
몸살 난 표정으로 달려가는
바람 앞에
속수무책의 답안만 나부끼는데
하느님은 언제나
말없음표를 문 앞에 세워 놓고
출타중이다

'12.4.23.

기하학 그리고 철학

왔다가 사라지는 일로
세상은 하나같이 움직이는데 이런
의미를 정리하느라 오늘도
눈을 두리번거리는 일이
다시 반복되는 분주함
찾아서 버리고 다시 찾는 반복의
그물에 걸린 질서의 기하학
작은 풀꽃에 들어있는 길
넓히고 좁히고 다시 넓히고 좁혀지는
공간과 시간이 나누는 대화를 들으면서
내가 가는 이유와 오는 대상을 엮으려는
기다림 하나만 오로지 나의 몫인 것 같은
나는 무슨 의미로 어디 있는가

'12.4.27.

오월은

아름다워서 눈물이 나는
세상을
죽으려 작심해도 아까워서
눈을 감을 수 없는
들판을
기껏해야
바라볼 수밖에 없는 노릇이
한숨으로
푸른 무게에 짓눌리는
바람결 따라, 가슴
흔들리는 세상이
어찌 이리도 아름다운가
설명을 못하겠네

'12.5.22.

상 사 화

그대와는 슬픔입니다. 손을
건넬 수 있는 지척咫尺도
아득해서 만날 수 없는 우리는 깊어
마침내 슬픔입니다.

우리는 서러움입니다. 그대
가도 그 길에서 살고 있을지라도
어긋난 운명이 손짓하는 길 따라
머뭇거리는 거리만 남는 그런
다만 서러움입니다

우리는 그리움입니다. 그대
어느 날인가 흔적도 없이 사라지는
자취 없어 텅 빈 세상에
왔다가는 손짓만 허공에 뿌려 놓은
하냥 그리움입니다
하지만 기약을 남겨놓은 미지수 앞에

흔들리는 바람의 나래를 타고
검은 밤에 별을 뿌릴 때쯤에는
아무도 모르게 참말로 아무도 모르게 그대
만나는 즐거움을 심는 우리는
푸른 사랑입니다.

'12.6.3.

국화마을*에 갔더니

선운사 지나 미당을 보러 갔더니
국화마을에 혼자 사는
90살 아우 정태시인을 만나
이저런 이야기를 나누는데
건너 산 국화밭 뒤
형의 무덤을 가리키는 눈자위
가올 날을 기다리는 힘겨운 목소리에
강이 흐르는 깊이
초여름 햇살이 마구 뒹구는 길섶 따라
꽃들 깔깔거리는 무심 유월
향기들이 아우성하는 그림자를 두고
돌아오는 길이 애섧다

'12.6.6.

---

* 미당 서정주의 문학관이 있는 선운리의 새 이름.

뻐꾸기 우는 날이면

뻐꾸기 우는 한낮이면 초여름
산골 물소리가 찾아와 같이 가잔다
단맛이 들어가는 과수 열매
푸른 하늘이 걸리고 세상
나른도 성미 탓이려니 이때사
한잠 꿈으로 가는 길이 태평스러워
그 길에도 뻐꾸기는 울어 울어
가신 어머니가 생각나는 길이
고개를 넘는 오후
종소리가 그 뒤를 따르느라
종종걸음으로 접어지는
산골 풍경화

'12.6.15.

수련 睡蓮

문 열어라, 꽃아
아침이라 반가운
하얀 속살 만나는 그대
세상도 환~한
바림질 무늬

어둠 길
해 감추는 뒷자락
그대 문 닫을 즈음
운명을 따르는 길에
내일에사 환~할
이름 하나를 위해
문 닫아라 그대
어둠이 오느니
꽃아, 문 닫아라

'12.6.16.

방 황

우리가 사랑하는 날은
밝아서 환할까 아니면
환해서 밝을까 이도 아니면
사랑 때문에 맹목이 된
아름다움에 취한 날엔
어둠이면 될까

보이지 않아 외려
또렷한 이유라
설명이 궁한 노릇 앞에
서성이는 윤곽
잡으려 해도
잡히지 않아 더 밝은
사랑은 그렇게 무지개로
다가올 줄만 알고 서성서성
갈 줄 모르는 방황
무작정의 발길입니다

'12.6.25.

허공

95세의 황금찬 시인을 만나니
그의 무표정 곁에 후배들이 웃으며
사진을 찍는다
그의 총기聰記는 여전 빛나지만
그의 딸이 갔을 때나
부인이 떠나갔을 때나 시는
그를 부축했고 걸음을
재촉하는 행로였지만
아들 도제가 갔다는 말에서는
한숨이 깊은데
백수 앞에 지팡이에 의지한
시름겨운 시詩가 된 시인은 오늘도
문학 행사가 끝나면 비틀거리는 지하철에 의지해
도봉구 쌍문동으로 홀로 가는 그림자는
슬픔도 잊은 듯 허공이 깊다

'12.6.23.

오골성 傲骨城

어머니, 당신의 아들은
시의 나라에서 외롭게 사는
왕자입니다. 눈물이나 웃음을 버무려
꽃 한 송이를 만나기 위해
어둠의 긴 터널이나
햇살 익은 들판을 방황하는
눈물의 왕자입니다 때로
깊이 모를 강물에 시퍼런
마음 하나를 믿고 무작정 뛰어드는
어리석게도 망망대해를 찾아가는
나그네, 고독한 왕자입니다

어머니, 당신의 아들은
부피를 모르는 깊이에서 때로
추위와 오한을 입고도 활보하는
철모르는 일로 오랜 몸살을 앓아도
다시 도지는 광기에 어쩔 줄 모르는

당신의 아들 슬픈 왕자
이승에서 당신의 곁으로 가는 날도
한 줄 시를 위해 고개를 넘는
마음 하나만 믿고 살아가는 바보
오골병傲骨病 환자 그런
서러운 왕자입니다

'12.7.3.

기억

번뇌의 젊은 날이 가고 이제
손자들을 키우느라 허리 굽은
어느 여류 시인의 하소를 듣고
먼 소식이 풍경이 된다
그리운 사람들 하나 둘 그렇게
소식이 멀어진 오늘은
하늘을 바라보는 일이 고작인 세월 따라
또다시 녹음을 키우느라 땀을 흘리는
이런 일도 깊이에 이르면
가고 오는 일조차 어지러운
음성이 아지랑이처럼 흔들리는데
이름을 파묻고 사는 기다림은
얼마나 무료한지 모르겠다 이 또한
살아있어 행복함인저

'12.7.21.

나는 이것밖엔

종심 나이에 이르도록
부끄럼과 소심사이에
할 일이라곤 글쓰기, 오로지
이것밖에 아는 일 없어
머리 풀어 산발한 세월 속
이 또한 허풍에 바람 같아

먼 산이 보이는 오늘도
고독을 외로움으로 마시는 다시
흔들리는 일만 높아지는 나무들 곁에서
망팔望八을 헤아리는 눈에
흐린 안개가 소곤거리는 이 일도
어쩌겠나 잘 생각하면
좋은 소식 같네

'12.7.23.

진 실

발이 아프다 날마다
허기진 갈망 앞에
쌓이는 무게를 끌고 지나가면 언제나
희망으로 다가오는
모래알에서 찾아내는 빛나는 것
이름에 매달린 순사殉死조차
닦으면 닦을수록 친근해서
찾아가는 외로운 친구

'12.7.27.

말

날카로운, 뾰족한, 예리한, 차가운, 따스한, 매서운, 부드
러운, 달콤한, 심각한, 명랑한, 무거운, 가벼운, 허튼, 진솔
한, 거짓, 진실한, 바른, 혀 꼬부라진, 큰, 속삭이는, 토라진
이것들이 한 곳에서 나오는
소리

'12.8.5.

인연

1초당 30만 킬로미터의 걸음이

39억 광년 전에 번쩍였던 빛이 39억년을 날아

초록 행성, 내 앞에 도달한

소식

순간의 빛 한줄기를 남기고 사라진 오로지

허무

천억 개의 은하에 천억 개씩의 별 중에 사는 오로지

점點

그러나 이 많은 계산 중에 나는

중심

허무와 점과 중심이 빛으로 산화해도 다시

소식이 되어 윤회의 바퀴로 날아가는 다만

빛

'12.8.6.

걱정

걱정 말아라. 죽어 집이 없을 걱정
천억 개의 별 중에
천억 개씩의 작은 별을 거느린
은하가 하 많으니
죽어 지구에 영혼이 포화된다한들
어딘가 갈 곳이 있으리니
내 티끌이 바람에 날려간들
어디 찾을 수나 있겠는가
걱정 말아라 이제 겨우
쇳조각 하나
화성까지 갔으니

'12.8.12.

비 창

보고 싶습니다. 어머니 그리고
아버지의 흔한 질책조차도 그립습니다
돌아갈 나이가 어둠을 입어
긴 강을 건널 시간은
점차 가까워 오지만 여전히
따스함으로 계시올 체온, 혹여
어머니도 그 사이, 늙은 나를 몰라보시면
무슨 팻말을 들고 서성이면 될까요
걱정 없는 걱정조차 머뭇거리는 이젠
서쪽으로 길이 열리는 석양이면 점차
눈이 희미해지는 그림 속으로
들리는 소리 따라
가슴으로 두드리는 이름을 적어 놓고
휘청 길을 터벅입니다. 오늘도
아쓱한 울렁임이 설렁입니다.

'12.8.15.

탁족

발이 시원하면 마음이 그렇고
마음이 그러면 가슴이 열린다
사는 일 가슴으로 말하는 날이 어디
사람을 만나면 열리던가
비가 멈춘 양평땅 삼산리
푸른 물상들이 저마다
이름을 말하느라 바람조차 흔들리는
파스텔 토운의 풍경화에
몇 사람 소곤거리듯 계곡에서
인생을 떠나보내는 도란소리에
구름이 물살을 따라가고 있었다

'12.8.15.

추억의 길

잠이 들어 쌔근거리던
어린 날의 숨소리가
세상 아름다움이던 꿈나라
지금도 돌아가고 싶은 오솔길
달콤한 맛, 보는 사람조차 옮겨와
낮잠으로 이끌던 어린 손
그 손을 놓치고 떠돌이 바람
밤이면 어정이는 그림자에 슬픈
나이에 걸린 별 총총의 나그네
둘러보는 하늘은 넓고 너른, 그래
갈 곳은 더욱 아득함일 뿐
어둠을 따라가는 길이 하도 넓어
서성서성 둘러보는 세상조차
고독할 뿐입니다

'12.8.18.

로또 스타일
-싸이*를 위한 패러디

꼭 한 번만 당첨되고 싶다. 자나 깨나
영광보다 높은 돈을 쳐들고
부자 행세를 하고 싶다
자식들 앞에 앉혀 너 한 대 또 너 한 채 등등
호기롭게 나눠 주고
좋은 집 그리고 좋은 차 명품으로
온몸을 휘감고 네거리 바람 부는 곳에서
옷자락을 휘날리거나
고급차 뒷자리 살짝 문을 열고
빛나는 안경에 엷은 미소
가볍게 고개를 젓는 으젓(오만이겠지)
세상이 발아래 눕는 위력의 정점
당첨만 된다면 그까짓 시를 위해
목 타는 가슴조차 식힐
—나른한 춘몽

---

* 말춤으로 일약 세계적 한류가 된 가수의 춤.

기다림조차 막막한 날인데
아차차, 내 팔자에 오지
말아라, 너무 무거워 오지 마. 대신
오로지 시 한 편이면 되리니
검은 물들어 내 영혼을 앗아갈
두려움의 터널을 지날지라도
대박 운명이여
시 한 편을 내려주소서 명품
시 한 편만 내려주소서

'12.8.27.

꿈

어린 날의 선명한 꿈이 멀어진 이후
무지개는 오지 않았다. 점차 희소하게
찾아오는 손님을 기다리지만
발자국도 빠르게 사라지는 예리성에
가슴 저린 젊은 날은 가버렸고
좁은 골목에 심어진 우두커니
그림자는 키만 크느라 실성인데
부르고 싶은 자락은 희미하게
바람을 기다리는 언덕은 높아
나뭇가지에 걸린 어린 날은 정말로
무지개 너머로 사라졌다. 이젠
돌아볼수록 희미한 이름을 부르는
소리를 쫓아가는 허공만
무한으로 넓어지는 이 일도 이젠
노쇠한 가락일 뿐 세월은 그냥
잘도 가고 있다

'12.8.27.

제2부 | 도리천 입구에서

병원에 가는 것은

누구나 가는 병원이지만
정작 가기 싫은 곳
설마의 구름이 머리 위에
선회하는 헬리콥터 구름과
햇살이 기도처럼 펄럭이는 사이
의사는 항상 미지수의 대답으로
'봅시다'가 최선의 의미
그럴 것이다 갈증 앞에 서성이는
가슴 막힌 사람에게 줄 수 있는
한 모금 생수는 항상 멀리 있어
손을 뻗을수록 안타까운 거리는
바람에 출렁이기 때문이다
내일은 아내 따라 병원 가는 날
기도는 머리끝에서 깃발을 꼽고 있다

'12.9.2.

책 한 권

서가에서 빠진 행방불명
아끼던 한 권의 책
그림자가 길게 다가온다.
어딜 갔을까 누군가의 서가에서
귀중함으로 서 있다면 이도
좋은 작별이련만 자꾸
서성이는 뇌리에 아픔처럼
방황의 바람이 분다. 누구의 집에서
행복한 이름으로 다시 만날 수 있다면
빈 가슴을 채울 바람 한 줄기가
좋은 소식일 텐데 지금 멍 가슴이
자꾸 커진다.

'12.9.14.

상 상

좌고우면左顧右眄 없이 슬카장
글이나 썼더니 늙어 기우는 즈음에
돌아보니 그냥 서럽다. 하여
다른 길을 갔으면 회상하는 길에
상상의 나래가 좁아 보이는
푸른 숲들이 안개 같은데
바라보는 일만 서성이는
오늘의 표정 그래도
술이 목구멍으로 내려간다

'12.9.15.

시 만나기

열심히 시를 만나기 위해 살아온
어느 결 허리가 아프다
땀을 흘리면 시간은
저절로 지나가고
오는 것조차 덤덤한 날들이
내 곁에 머무는 이젠
작은 아픔들이 문을 두드리는
잦은 횟수
고만큼만 슬퍼지는 일이
오늘도 먼 산을 바라보는
내 허리는
굽어지는 이름으로 여전
그자를 마냥 기다린다

'12.9.16.

허무와 체념

무언가 있는 줄 알았지요 그리곤
자꾸 어둠 속 아가리로
깊이깊이 들어갈 때만 해도
희망과 꿈이 설계도를 만드느라
화려했는데 적어도
대박이나 월척쯤은 꼭 걸려 나올 것을
믿고 믿느라 헤매는 날이면
바람 시원하기까지 했을 때
시간은 깃발을 흔드느라 정신이 없었는데
느닷없이 찾아온 허기가 점차 커지는
뒷자락을 돌아본 이후에
허방의 소용돌이에서 줄줄이 엮어진
난전亂廛을 바라본 뒤에
나를 따르고 있는 허무와 체념이
동반자의 이름임을 깨달았습니다
그렇게 살고 있습니다

'12.9.18.

누군들 그렇게 되리라고는

누군들 그렇게 되리라고는
식은 밥처럼 쉰내 나는
골목 어귀에 허리 굽은 풍경
파노라마의 긴 여정이
느린 걸음으로 그렇게
되리라고는 아무도 몰랐네

목적지 없는 두 눈에서
잃어버린 광채가
추억을 묻느라 햇살은 반짝이는데
그래도 세상은 아름다움을
남기면 안 되는 것처럼 바쁘게
변화를 재촉하는 보폭들

따르지 못해 길을 묻는
어차피 앞뒤 없는 시간에 나그네
할당된 몫으로 하루를 넘기는 페이지에

밑줄이 없는 일이 더 큰 슬픔일 뿐
내일은 누구나 같다. 다만
느린 걸음일지라도
걷는 자의 것일 뿐

'12.9.19.

도리천 입구에서

도리천切利天에 이르기 위해 오늘은
선덕여왕의 발길을 생각타
무료히 앉아있노라니
내 정원의 풀잎에
왔다가는 바람을 셈하면서
꽃 지는 소리를 들었네
이 횡재야 더러는 가소로워도 내겐
뜻 깊은 미소의 가치 같아서
가만가만 소리도 없이 가오려는
도리천의 입구에서 그만
쟁그랑 바람 소리에
문이 닫히고 말았는데 다시
왔던 길을 되돌아 헤아림을
키우는 마음에서는 도리천이 외려
가깝다고만 믿고 있을 뿐이네

'12.9.20.

미당 추억

오늘은 문학행사장에서 선생님을 뵈옵니다
몇 마디 말을 떠듬거리면서 추억을 불러오는
젖은 음성으로 돌아가는 필름에
안개가 끼었습니다
말당이라 부르면 오히려 따스한 골목
국화 핀 공덕동의 노란 향기가 몰려오고
느린 걸음에 서성이는 남현동 봉산(蓬蒜) 山房 골목에
사당초등학교*의 아이들 목소리가 돌아가신
할아버지의 영상을 기억하기엔 시간은
멀리 떠남을 강요하는데 관음사 입구
아침 산책에는 방여사와 손잡고 오르던
돌 의자**의 따스한 체온을 지금도 간직하고

---

* 宅號인 봉산산방, 길 건너에 사당초등학교가 있고 이 학교의 교가를 작사
하셨다.
** 관악구 남현동에 있는 절 앞. 채석장이 주차장으로 변했고 아침 산책이면
거기 앉을만한 작은 돌 의자에 불편한 사모님은 앉고 선생님은 옆에 지팡
이를 짚고 서 계셨다.

엷은 미소로 허공을 휘젓는 풍경이 보이듯 그냥
서럽습니다. 무섭습니다.

'12.9.23.

봄날의 미소

세 살 아이의 걸음으로
가장 따스하기
빛나는 햇살 아래
오종종종
작은 꽃들의 향기
푸름에 넋을 잃은 아련에
세상은 취했는데 추위를 건너
봄날은 그렇게 오느라
미소로 가득해서 환한
내 사랑의 표정

어여쁨 중에서도 가장
예쁜 여인의 가슴, 그 설레임이
마음 중심에서
소용돌이치는 순수
그것을 맞아들이는
봄날의 환한 미소

'12.9.28.

진단

기다리는 일도 아닌데 어느새
찾아온 이름들
고혈압에 당뇨 혹은
무슨 치병齒病 그리고 삐걱이는 관절
더불어 보폭을 맞추는 하루에
쌓이는 이름들의 행렬
누구는 걸으라는, 무얼 먹으라는
무슨 약에, 무슨 약
이 말, 저 말을 듣고 하루를
넘기는 우리 집
전화의 분주함이 서글픈데
체념의 무게를 내려놓고
아내의 말을 따르는 순종順從이
오늘따라 길을 잃었는지
귀조차 멍멍한 방황의 발길
논두렁을 걸으며 내 몫의 오후는

지금 그림자가 길고
말은 실종失踪 중

'12.10.5.

햇살의 무게

강을 건너듯
누워서 바라보는
담벼락의 햇살
빛나는 이유처럼
햇살의 무게가 고요로
산산이 부서지는
세상은

살아온 날들의 짊이
떠돌다 머무는
푸른 물살을 보내고
멍한 시선에 잡히는 주름
아련조차 무겁네

길은 언제나 하나이다간
다시 갈래 쳐 오는 일이 꼭
새로움 같아도 미처

깨닫지 못한 후회가 따라와
조바로움으로 재촉하는
저 빛나는 햇살 앞에서 나는
무슨 말을 더할 수 있을까

'12.10.6.

명상조로

누군들 살아가며 만들어진
전설이 하나는 있다 설혹
흙 묻고 먼지 낀 추억이래도
소중함이야 저마다의 이름에 붙은
사연일지라도 털어내면 아쉬운
작은 전설이 샘물처럼 솟아나는 그런
가슴 열어 놓고 바람의 소식을 기다리는
긴 줄에 연결된 표정이라면 오늘은
열어보아 부끄럽지 않는 혹은
부끄럽다 해도
세상을 살아 만나는 이야기 거기
그대의 얼굴이 담겨 있으면 사는 일
행복함이라네

'12.10.9.

삶의 무게

들어 올릴수록 무거운
내 생의 무게
누군가에 바겐세일로
팔고 싶어도 아니면
거저 줄 수도 없어 난전亂塵을 거두어
돌아가는 오일 장마당의 쓸쓸함
그림자만 길어진다

가면 갈수록 무게를 이끌고
산을 넘어, 언덕 넘어
도달할 수 없어 기나긴 여로에도
따라오는 그림자
더불어 체념으로 놓아버리면
외려 가벼워지는 이치를 알기까지는
주름진 강물이 흘러

가슴 깊이에 닿을 때쯤
동반의 그림자와 비로소
이야기를 나누기 시작했다

'12.10.9.

사랑의 무게

모든 게 무게라도 사랑만은
가벼운 줄 알았다. 허나
둘이 들어도 어지러운 이유조차
풀어낼 길 없는 이름, 그 속에
한사코 들어가기 위해
눈빛을 맞추는 이 놀음, 때로는
들어 올릴수록 가벼워지는 모순 앞에
둘은 하나이고 히나는 둘이라는
계산이 틀릴지라도
기다림이 그리움으로 변하는
반응의 묘미 마침내
부풀어 오르는 풍선
그대와 나는 항상 사랑을 위한
노래만을 합창하는 무게는
힘겨워도 마냥 좋을 뿐입니다

'12.10.10.

그대의 무게

바라볼수록 아득함에 절인 마음
그대를 생각하는 날이면
가을을 우정어정이는 바람조차
기다림으로 젖어드는 온기
오늘은 고운 햇살 한 줌을
품에 안고 찾아가는 길
쟁글거려 하늘 푸른 날
헤살헤살 파문이 밀려오는 들판으로
마중 나온 마음조차 설레느라
노을 묻은 황금빛 이제 기울어
꿈길로 오시느라 뷔거러가다*
어느 결 사라진 그대
그리워 닫힌 문을 열어 놓으니

---

* 비틀거리며 걸어가는.

무게 없는 마음으로 가벼이
헤지른** 그대
별무리와 함께 들어 오소소

'12.10.12.

** 헤매는.

달빛의 무게

부끄럼밖에 없는
이 몸을
그대 위해 벗으오리다
무지개 서는 나라 아득히
머올다 해도
달빛 젖은 무게 때문에
어느 푸른 호수에 빠져서라도
기다리오니, 그대
마을 어귀 호젓한 길섶에
사올사올 구르는 이슬 문을 열고
나온* 맞아들이는 밤의 정사
그대만을 위해
부끄럼밖에 없는 이 몸을
기어 벗으오리다

'12.10.12.

---

* 좋은, 즐거운.

우리 아름다움으로 치면

우리가 아름다움으로 치면
꽃들의 이름에 비기랴, 하면
그대 또한 향 짙은 꽃인 걸
감은 눈으로 생각해도 환한
세상의 기쁨이라네

우리가 즐거움을 갖는 일도 더러는
행복을 찾아 길을 떠나는 일에서
따스한 이름으로 다가오는
생각보다 깊은 사념의 길이 보이는데
우리 즐거움은 다시 사랑이 되네

우리가 다시 돌아보아 세상을
아름다움으로 치장하는 오롯함이야
헤아림으로 더할 수 없는 풍경이래도
돌아온 기쁨이 안갠 양 아스라한데
문을 열고 맞아들이는 일조차 흐뭇해라

이제 다가온 얼굴에 피어나는 꽃들 앞에서
바람이 깃치는 소식을 받고
하늘 날아 머얼리 끝닿는 어딘가에서
돌아오는 메아리
한 방울 사랑으로 번지는 파문에서는
꽃들의 향기보다 더 수선스러라

'12.10.13.

울지 말거라

울지 말거라 아비의 영전에
왔다 가는 바람 같은 또는
내세울 것 없는 허망의
그림자만 긴 흔적뿐인데 설혹
비가 내리는 가슴
멈출 수 없어 흐르더라도
눈물보다 깊은 강물은 항상
마음 깊은 곳에서 아쉬움으로
이별을 적시는 일은 흔했거니
울지 말거라 아비의 영전에
눈물보다는 차라리 생전에
즐겨마시던 한 잔 술에
고적한 영혼을 적시는 일이
더 즐거울 것이니 그때사
돌아보는 길엔 흐려서
서러운 안개 숲이
작별을 바람에 맡길 터

배따라기의 목넘이 가락에
허위허위 창공을 떠돌아
배회하리니 울지 말거라
아비의 영전에
마른 눈물을

'12.10.14.

바 람 의 무 게

그럴 것이다. 가벼움 때문에
여저기 기웃거리며 떠도는 양
바다를 지나는 놀란 기세이거나
광야를 내달리는 뒷자락이거나
논밭 둔덕을 배회하거나 아니면
오는 사람 기다리는 골목 어귀
머리카락 날리는 여인의
치맛자락을 흔드는 노래 같은
파랑波浪을 볼 때면
무게보다도 깊은 심연
마음으로 와서는 사뭇
태풍이 되는 그대
무게인 것을

'12.10.14.

들길을 걸으면

가을 들길을 걸으면
등 뒤에 다가온 따스한 감촉
잊었던 어머니의 손길인 양
먼 길로 가는 그리움
산이 손짓하는 풍경 속으로
하늘은 푸른 수면에 들고
바람조차 옷깃에 머물러
정밀靜謐을 계산하는
아름다운 세상의 고요
조으는 모양만을 전달하고
바쁜 배달부마냥
어딜 가는 걸까

'12. 10. 15.

낙엽 적요寂寥

나는 그대를 놓으려 한다. 그러나
한사코 떨어지지 않으려는
나뭇잎을 보라. 기어 빛바랜 슬픔으로
작별을 고하는 푸른 산의
아픔을 알기까지는
슬픔보다 깊은 심연을 지나느라
땀이 흘렀고 한 모금 갈증이 차라리
희망이었을 때

나는 그대를 보내려 한다
곧은 궤도를 달려가는 일이 비록
헤지르는* 슬픔일지라도 언젠가는
닿아야 하는 간이역, 거기
쪽빛물 흐르는 달맞이 길에 혹여
기다리는 사람도 있으리니
가는 일이사 다시 만나는 일임을

---

* 헤매다.

깨닫기 힘겨워도 나는 그대를
보내려 하느니

헤어짐에 슬픔이사 깊다 해도
이별로 돌아오는 길목에서 망연히
기다림을 키우는 일 다시
환한 미소를 만나기까지 나는
그대의 떠남에 눈을 감으려 한다

'12.10.21.

꽃들이 간다기에

어느 날인가 꽃들이 간다기에
말없음표를 건네고 돌아서니
허전이 다가와 문을 두드리네

함께 갈 수 없는 길에서 길로 이어진
아슬함도 깊은 사연을 들으려는
마음 하얀 여백을 준비하니
느닷없는 향기들이 몸을 감싸고
관음보살의 미소 같은 따스함이
몸을 가볍게 했네

있다는 충만보다는 비어진 공허가
숨죽이는 행렬로 이어질 때 꽃들이
슬픔보다 더 깊은 향으로

흐느적이는 날은
세상이 숨죽이느라 고요한 표정에
서성이는 아쉬움의 그림자

꽃들이 간다기에 어느 날인가
돌아오기를 바램 하는 깃발을 쥐어주고
종종걸음을 셈하는 길로 햇살이
마구 떨어지면서 깔깔거리는 일이 마치
작별조차 아프지 않다는 시늉이네

'12.10.21.

길

이 길 다하면 어딜까

아득하기 먼 길에

걸음 사뭇 비틀려 타박터벅

곧은 길이 연긴 양 피어 있는

산은 다시 포개져 손짓하는데

하늘은 세상 감싸 안고

구름 서넛 심부름 보내는

푸르른 캔버스에

햇살 바른 길섶으로

그림자 뉘어놓고

멍 하니 서있는

키 큰 나무

두 엇

이 길이 다하면 어딜까

서성서성 가는 길

'12.10.22.

노인 되기

갑년甲年이 고희古稀 집에 와서
심부름이나 하더니
돌아가 분장하고 종심從心*노릇하려니
아직 멀었다 박대薄待같아
길을 도파 다시
산수傘壽 집 앞에 서성이면
아니다 아직도 멀었다
또다시 멀리 미수米壽고개 넘어
더 멀리 가라는 재촉, 기어
백수白壽 넘어 온**에 이르니 그때사
백수白叟의 자리가 마련된다.
오래 잘 산다

'12.10.22.

---

* 공자가 나이 70을 從心所欲, 不踰矩라 했다.
** 산수는 80, 미수는 88, 백수白壽는 99, 온은 일 백, 백수白叟는 노인.

고요처럼

더펄 억새 지나는 길로
하늘을 개척하는 철새들
눈에 담기는 들판의 적막은
숨죽이는데
먼 풍경으로 자리한 오후는
말없는 고요로 들어갈 때쯤
아이들 노래 한 구절이
마지막 하루의 하늘을 채색하는
시골 마을 정경이 조으는 듯
가을바람을 부르면
집으로 돌아가는 아버지의 걸음에도
물든 황혼이 총총 따라오는데
불빛 오는 시선에
따스함이 오글거리는
아이들 소리

'12.10.27.

제 3 부 | 첫사랑을 찾고 싶다

슬픔이 강을 이루면

슬픔이 강을 이루면 떠나겠네
흐름 이내 급한 물살로 흔들리면
모든 걸 내려놓고 앞을 바라
지난날들을 손짓하면서
다가오는 이름 앞에
고개를 숙이고 싶네

작은 것이다가는 다시 큰 것이 되고
큰 것이 또다시 작은 이름으로 바뀔
그때가 되면 내가 펼친 그림책에는
이미 추억으로 가물거리는 언덕은 높아
바라볼수록 아름다움이 짙어지겠네

내 곁에 할 말을 다하는 그대 속삭임도
알아듣지 못한 멍한 표정만으로 내 이제
그대 앞을 지나는 걸음걸음
잊지 못하는 사연을 기록하는 날이 날마다

가득해서 충만한 뜻조차 가물거리는
안타까움을 끝내 전하지 못하는 슬픔

슬픔이 다하면 떠나겠네, 하면
밀물져오는 인연의 줄기들이 따라오는
손짓보다 아까운 마음을 풍경화로 그리면서
남겨진 사랑의 푸른 색칠은 내 이제
그대를 위해 남겨놓고 싶네

'12.11.2.

편 지

어머니 가을이 지납니다. 세상
아름다움으로 물이 든 숲서리
가뭇거리며 사라지는 산은
점차 높아지는데
하늘에 빠진 구름 서넛이 느리게
지나는 길목으로
선연히 다가오는 황혼이 서쪽으로
목마른 듯 표정을 숨깁니다 하오나
다시 만나는 날 늙은 아들 몰라볼까
저어스런 안타까움에 추억의
어린 시절을 피켓에 그려들고
서늘한 청솔 숲을 지나
언덕 몇을 넘어 천천히 가오리니
차운 바람에
문밖에서 마중하지 마시고 따슨 방
아랫목에서 편히 기다리소서

'12. 11. 2.

진 리 의 끝 엔

결국 한 줄에 있어
모두 끝에 이르면
구분 없는 이름조차도
(서로 다른 표정으로 떠났을지라도)
이르름이 다해 도착하는
종점, 마지막 걸음의 끝
허무로 안개 숲이 되는 거기
너와 내가 구분이 없는 오직
안개 숲이네 하니
찾지 말고 명상의 숲에
그냥 앉아만 있으라
가리지 말고 구분하지 말고
그냥 앉아만 있으라
혼魂은 네 거고 진리는 이미
네 것이 아니기에

'12.11.2.

바 람

그대는 바람입니다. 내 마음
깊이에 찾아들어 마구 흔들고 지나가는
그대. 바라볼 수밖에 없는
뒷모습의 그리움을 어쩌라고
흔들리는 슬픔을 혼자서 어찌하라고
흔적 없이 사라지는 바람인가

가뭇없는 자취에 따라오는 파문이
머리칼 날리는 두 눈 사이로
흔들리는 일만 다가오는
서러운 그대 이젠
호수에 빠진 얼굴을 보는 일로
하늘을 건지는 빈손에 허무, 다시
웃고 지나가는 미소인가

스치듯 멀어지는 일도 사노라면
때로 잊히는 고개 몇 구비

꿈으로 만나 붙잡을 때쯤엔 홀연
향기만을 남기고 사라지는 허공에
구름으로 떠도는 먼 자취라도 어느새
뒷자락에서 웃고 있는
가슴에서 사는 바람, 그렇게
기다리는 사람입니다. 그대는

'12.11.4.

감

푸른 하늘을 이고 있는 것이
하냥 두렵네
명경明鏡같은 심정으로 살기엔
구름으로 가리는 세상을
건너야 할 길이 멀 때
허기가 몰려오는 창공의 여백
단심丹心같은 표정만으로는
다시 밀려오는 파도가 두려워

마지막까지 손길을 기다리는
따슨 체온의 추억을 이제
문 앞에 세워 놓으면
기다림은 꼭 있어야 할 목록
오늘은 하늘을 이고 있는 것이
더욱 무겁네

돌아 간단들 갈 곳은 마침내
웃음들이 꽃으로 피어나는
작은 골목이래도 좋다. 다만
가야할 길을 알고 떠나는
뒷자락에서 풍기는 향내를
마지막으로 보내는 이름을
기억하고 싶을 때

허공에 주소를 두고 살아온 날들과
어느 결에 가야만 하는 약속이
도착했다는 조급한 소식 따라
임무를 다한 공책을 다음 사람에게
건네 줄 사랑의 소중함을 봉封한
사연을 마지막으로 전하고 싶네

'12.11.7.

아침 길을 걸으면

멀리 가기만을 위함이 아니다
어차피 사는 일은 떠나는 일
황혼에 떠나, 어둠을 지나
다시 아침으로 돌아와도
길이 열리는 아침을
바라볼 수만은 없느니, 하여
행장을 가볍게, 마음은 시원하게
어딘가 가는 일이 앞장 서온다

마중 나온 햇살이 웃고 있건
아니면 눈보라 기침하는 길에
아침을 싣고 가는 이슬이 눈떠
목례로 인사하는 지난 밤 꿈들이
가득 실려 있음을 알고
(가슴이 부푸는 이유를 알려 하지 말라)

하루의 창문이 열리는 신선함이야
그대와 나눌 한 잔의 맑은 물처럼
가슴 시원하면 더 무엇을 설명하랴

'12.11.8.

삶

산이 높아서만 오르는 게 아니다
산이라서 산을 넘는 그리고
산 아래 있기 때문에 산을 오르는
가슴에 산을 담고 사는 사람은
멈추지 않는 노래를 만들 수 있거니

가면 다가오는 언제나 산은
그 자리에서 묵상하듯 우리
부처님의 모습처럼 미소하거늘
두 다리에 힘을 주어 오르노라면
세상을 채우는 산을 만날지니

설혹 가파르게 다가오는 산세山勢에
그대의 삶이 흔들릴지라
주저앉아 바라보는 탄식보다는
꿈에서라도 찾아가는 걸음걸음마다엔
산은 언제나 고요한 손짓만을 건넬지니

안개 숲을 지나듯 산을 오르는 일이
사는 일의 모두라는 숙제를 선생님에게
자랑스레 보여줄 수 있는 아침을 맞아
다가오는 바람결 가슴을 바치는
사랑도 따라오면서
박수를 치는 내 손녀의 손바닥 같다

'12.11.9.

첫 사 랑 을 찾 고 싶 다

기우는 황혼을 보면
첫사랑을 찾고 싶다
온 달이 문을 열고 다가올 때
사박거리는 달빛소리에
떠오르는 여인의 손짓이 그리운
내 첫사랑을 만나고 싶다

손을 휘저으면 닿을 것 같은
항상 가까운 거리에 살고 있어
그림자 하나를 숨기고 사는 이유도
난전亂廛에 풀어 보여주고 싶은 그 사람
어디쯤에 숨어 엿보듯 부끄러움으로
달빛에 하소하는 목소리가 들린다

미처 아침이 오기 전 포근한 어둠
따스함이 자리를 펴고 머무는
별무리들과 어울려 끝내 조용한

숨소리조차 그리운 옷자락을 날리며
모아드는 꿈들과 작별 없는
그 첫사랑을 만나고 싶다

마음자락에 숨어 아득하기
멀리 있어 넓은 길
아픔으로 신음하는 구름을 걷어
아침빛에 딸려오는 눈부신
내 첫사랑을 기어 만나고 싶다

'12.11.9.

아침, 소나무에 맺힌 이슬

안개가 지척咫尺을 점령해도
내 앞에 등불인 듯 걸린 이슬
숨소리 들리는 것이 시새워
산 까마귀 소리하네

내가 무슨 장수將帥이길래
우뚝 우뚝 도열한 장군들의
사열을 받아야하나 소나무
가지 끝에 빛나는 세계가
적막 속에 옷을 벗는데

멀리 마을길을 돌아가는 사람들의
목소리가 두런거리고 나는
작정 없이 바위그루 내 자리에서
명상의 깊이를 배회하네

아침이슬이 무거움으로 머문 가을은
아슬한 지구의 심장을 방문하는
바람 따라 어쩌면
길을 잘못 든 양 서성이는
이 일도 꿈길처럼 환하네

'12.11.9.

바 람 탓

바람을 탓하지 말라 돌아
돌아 지구 한 바퀴를 마중 나온
반가움밖에 더 있으랴만
나뭇잎에 걸린 바람의 소행을
작정酌定없이 바라볼 때는 미움조차
흔들리고 더불어 떠나는
소리를 따르고 싶었다. 이별은
언제나 가시 밭에서 바람을 부르는
그 미묘한 가락이 애달파도
가슴에 마냥 젖어들 때는 대책 없는
소식을 기다리는 일로 하루는 예쁜
동안童顔을 꾸미느라 바쁜 척하는
바람의 모습이 있음을 알기까지는
여전히 사는 일이 어리석었다.

'12.11.10.

우리 대통령

불쌍한 우리 대통령 그 자리가
얼마나 좋은 줄 몰라도
우러러 빛나던 손짓이 사라지고
동네 꼬마들 놀이감보다 가벼운
그래서는 결코 안 되는 일이지만
황혼의 그늘 아래 있는 사람이라
초라의 의상을 걸치는 일이 아프다
마지막에 마지막까지 존경의
웃음이 안타까운 오늘은 떠오르는
사람들의 모습이 겹치는 그들 시간도
다시 어둠의 그늘 아래 설 것인데
내일을 모르고 오늘만 대패질하는
주먹질이 허공에 떠돈다 불쌍한 우리
대통령, 어쩌나 우리 대통령

'12.11.10.

믿음

출세하기는 운이고 벼락같아
어느 날 느닷없이 찾아온 그를
입에서 입으로 다시 입에서 입으로
그렇게 이어지면 유명의 의상이
빛나는지라 그때부터 한 단계 높이
세상은 그것을 믿느라 여념이 없는데
그러나 초조나 불안하지 말거라
속으로 다셔진 씨앗들은 그냥
서성서성이어도 종내는 빛나는
이유 하나가 꽁꽁 숨어 있을 뿐
할 말이 없어 바람에
벗겨질 날을 기다릴 것이니
기다림의 씨앗을 심는
오늘일 뿐

'12.11.10.

비가 내리면 세상은

그럴 수 있을 것이다. 젖으면
무거워지고
햇빛에 마르면
가벼워지는 이런 일이
지구의 무슨 법칙일 수 있지만
무거워지는 것은
가벼워짐을 재촉하는 일이고
가벼운 것은 무게를 떨어내는
무겁고 가볍고의 번갈음 결국
있고 없음이 같거늘
오고 감이 이렇거늘
부처님
이를 뭐라 부를까요

'12.11.11.

바 람 꺾 기

꺾고 싶다 꼭 꺾고 싶어
시퍼런 칼을 들고 바람 오는
골목 어귀에서 날선 칼을 휘두르니
오히려 바람에게 더해주는 위세
허공이 피 흘리는 하늘
주저앉을까 망설이는데 바람은
시원스런 가슴을 열고 다가오는
그 모습에 칼을 내려놓고
무대를 바라보는 소식에는
해보는 일이 할 일보다 앞장서
땀 흘리는 나날로
줄지어 지나는 하늘
눈보라 성난 바람 탓에 그냥
눈감고 조용해지기를 기다리는
차라리 기도가 솔직한 심사
항복입니다. 무조건
항복입니다

'12.11.11.

난로

당신 앞에 공손히 손을 펴고
조아리듯 바라보면
붉은 마음에 일렁이는 욕망
더 가까이 가면
피 흘림의 아픔이 다가오는
행불행은 언제나
가까이와 멀리를 구분하는
중간에 자리한 넉넉함을 위해

가까이 가기엔 너무 뜨겁고
멀면 추위가 오느니 사는 일도
적당이라는 거리에 묶인 사슬
온화한 마음으로 바라보면
필요한 몫이 정해지고
변화 앞에 어느 날 무정한

미래가 아플지라도
보내는 것을 두려워해서는
아니 되는 못

지금은 바라보면서 보내는
사랑 같은 눈짓이 모두이다

'12.11.12.

걷기

나만을 위해 산을 오르고
논둑 길을 걷는다
잘 사는 일이 때로
재앙을 부르는 아픔으로 도져
이도 저도 못하고 걷는
어디까지 갈 것인가 무작정
걸으면 도달하는 내 몸의 슬픈 자취
한 겹 한 겹 벗겨지는 소리가 들리면
비로소 안도의 숨을 저장하며 오래
살기위해 걷는다. 어찌 보면 이 일이
참으로 어지러운 일이래도
돌아 돌아 결국 그 자리에 이르는
허무조차 때로는 필요의 목록에 나는
살기 위해 지금 걷고 있다.

'12.11.12.

황혼 앞에 서면

황혼 앞에 서면 나는
꽃이 된다 꽃은
봄날에만 피는 이름이 아니라 듯
찬란해서 오히려 슬픈 그렇게
마지막을 장식하는 언덕에서
바라보는 일이 모두
꽃으로 보인다. 짙은 향내야
저마다 지닌 소중함이지만
어쩔 줄 모르는 망연함도
순간에 사라지는
그림자에 밟히어 풀어지는 꽃물로
일시에 번지는 세상은
할 말을 못하고 그냥
미소만 그리고 있다

'12.11.14.

시와 운명

시는 내 운명. 떨어질 수 없는
사이에 오가는 일로
가까워지려면 멀어지고
멀어지면 다시 가까워지려는
이 어긋난 계산이 내 운명을
붙잡고 떠날 줄 모르는 날이 날마다
詩詩詩를 부르면서 때도 없이
애정공세를 퍼붓지만
매정하게 달아나는 뒷자락에
매달리는 하루하루의 고백
내 일생은 그렇게 일방적이라도
좋아서 당하는 아픔에는
푸른 싹이 돋는 기운을 얻어 다시
어제처럼 애걸하는 운명에도
복권 당첨을 믿고 있다.

'12. 11. 14.

늦게 깬 잠

그녀를 알기 위해 살았지만
오리를 잡는 숲이었다. 여기 저기
소리 지르는 길을 따라
방황의 팔자걸음으로 그런
젊은 날은 차라리 아름다웠다
그 자태를 보고 식탐食貪의 늪에서
때로는 소화불량의 고통으로 산 청춘
어느 결 백발을 이고 살아가는 이제
일곱 고개 쯤 넘어서야
길이 열리는 것 같네 그도
그럴 것이다. 기도도 통할 나이가 되었고
사정도 들어 줄 정성이
여인의 마음을 채웠을 것이니 지금도
몇 천 사발의 정화수를 바치는 일이
하늘 길로 통하는 내 믿음을
알아주는 여인
시신詩神이여!

'12.11.14.

가을 정취 情趣

낙엽 진 가을 산을 바라노라면
맑은 얼굴에 투명한 배경이 여전
내 여인의 속 깊은 사랑처럼
곱다. 고운 마음이라서
끝없는 소식이
다가올 것 같은 날이라
창문을 열어 놓으면
이마에 닿는 서늘 기운이
깊은 가을 곡조로 차운데
먼 산 소로小路 길로 아슬한
하늘은 연신 웃느라 이를 따르는
구름 두 엇 종종걸음인데
새들조차 고개를 돌리고
날아가기에 마냥 바쁜 것 같고
저녁연기는 내가 쓰는
만년필의 잉크처럼 하늘을
쉬엄쉬엄 걷고 있다

'12.11.15.

기 다 림

외출에서 돌아오는 사람을 기다리는
시간의 등성이가 산에 걸리고
이제저제나 소리를 찾아 눈을 주는 일도
가을을 남겨둔 낙엽들과 물 들어가는데
자꾸만 깊이로 끌고 가는 내 인생을
판독할 수 없는 지도로 표시된 이제
흐린 눈에 걸리는 신호등의 의미
서라는 말이 고마워 미리 브레이크를 밟고
저만치 서 있는 기다림 앞에 미소를 보낸다
그 사람인가 아닌가를 헤아리는
상상의 줄기에 바람 한 자락이 불어서야
다시 길을 따라가는 파란 불이
나를 이끌고 있었으나 그 사람
바삐 돌아오는 마음만
환히 보인다

'12.11.15.

자동차

빨리 가는 것을 좋아하는 일이
멈춰선 신호등 앞에
기다림이 길었다. 가시오는
서시오에 막히는 일
언제 바꾸어지는 길일까

내 운명도 같은 길에 선 일이래도
앞으로 가는 일이 운명처럼 빨리를
재촉하는 조바심에 여전
신호를 보내는 순서에
기다리오가 정답인데

저만치서 보이는 앞 사람의 자취
한층 조바로움은 바퀴를
굴리고 싶어 응시의 눈이 피곤하지만
가시오는 아직도
서시오에 양보하는 몫인데

서나 서나 가는 길 순서 없는
순서가 다음 신호등에서
내 갈 길은 의무처럼 펼쳐지는데
내가 빨리 간단들 무엇을 얻기 위함인지
달려가다 생각하는 일이 뒤에서
투덜거리면서 따라오고 있다.

'12.11.16.

사 는 일

의무 때문에 사는가 아니면
권리로 사는가를 모르겠다
당당한 권리에서도
의무가 따라 올까 주저주저
이 길과 저 길 사이에서 우왕좌왕
오다 가다에서 오락가락
흔들리는 일만 이력이 났는데 아직도
어디가 어딘지 모르는 항상
나그네의 이름이 어울리는 이제
내 사는 일은 어디에 속할까

'12.11.16.

서울 이방인

인파 붐비는 종로에서
사라진 종로서적을 지나
울리고 싶은 종각을 보면
뿔피리에 웅성이던 섣달그믐
추억도 함께 따라오는 길 건너
인사동에서 인사를 한다 해도
누구 하나 아는 사람이 없는 낯선 곳
이방인이 되었다 이젠
스마트 폰만 바라보고 걷는
너 나 없이 섬이 된 사람들 숲에서
할 말 찾을 길 없는
인파 사이를 홀로 걸어 경복궁 옆
출판 문화 회관에서
문학상 심사평을 말해주고
성급히 집으로 돌아가는 길

불빛 빛나는 술집들은 여전 같은 데
내가 어쩌다 이렇게 낯선
이방인이 되었을까

'12.11.17.

졸참나무 잎에 담긴 뜻

아내가 좋아하는 도토리묵
졸참나무 헌신에는 눈물이 있어
겨울 하늘 가지에 매달린 오늘은
사랑을 배웁니다.
추풍낙엽 눈보라에도
한사코 떨어지지 않는 이유가
봄 잎새에 전달할 마지막 체온을 위해
앙상한 몰골로 기다리는 고통일지라도
사랑만을 위해 인내의 언덕을 오르는
모습이 눈물겹습니다
삼동 석 달을 허기처럼 달려 갈 뜻 하나 오로지
내일을 위한 몫으로 살아갈
마지막에 마지막을 버티는 용기
턱걸이의 슬픔을 체력장 시험에서
익히 알았다지만 태어 날
미래만을 위한 헌신을 오늘은
가슴 아린 이름으로 바라봅니다

'12.11.19.

제4부 | 먼 불빛을 보면 그곳에
가고 싶다

무서리

왔다 가는 일이 내 뜻이 아니듯
지난밤은 그렇게 왔지만
햇살의 추궁에는 가야만 하느니
하얀 너울이 슬픔처럼 조요롭게

떠남은 어딘가 다시 시작하는 일이
기다리고 있음을 예고하는 소식과
함께 나타나는 일이래도
지난밤 머물러 나누었던
그대와의 속삭임이 그리울 것이라면
잊음은 항상 아픔이 수반되는 일

이제 당신의 떠나는 길이 열리듯
만남도 기다리는 어느 지점에서
낯선 이름들과 다시 나누는 이야기에는
오랜 추억조차 깊은 숲에 넘겨주고

홀홀 가버리는 햇살 앞에서는 이제
허무 같은 아침의 노래

오는 일이 내 뜻이 아니듯
가는 일도 그렇게 사라지는
하얀 꽃, 한 줄기 햇살에 순간
무너지는 무거움조차
스치듯 지나가는 바람결 일 뿐이네

'12.11.21.

떠나는 사람에게

머물러 있으면 떠나기를 헤아리고
떠나면 돌아가기를 바라는 일도
으레 있어 온 일이래도 막상
간다는 표정에서는 파문이 앞장선다
가는 곳 묻지 않음이 좋으련만
미련의 줄기를 놓지 못하는 추억들
문을 닫을 때쯤엔 더욱 초조롭다

오는 표정을 맞아들일 때보다
가는 마음 보내야 할 때 기실
슬픈 파랑波浪이 다시 높아지는
가고 오는 일이 한 줄에 엮인 운명인데
가는 것에 마음 아픈 이유는 아직도
그대를 사랑하는 죄목인가보다

'12.11.22.

손자와 놀기

어쩌다 집에 온 손자와 놀 때는
어린 날로 돌아가는
세상이 밝아진다
용수철같이 이리저리
휘돌아다니는 팔다리가
방향 없이 느닷없는 공격에도
오히려 아프지 않는 이유는
천진에의 감염이라, 사랑은
그런 이름인 걸 이제야 아는
늦발이 고백

옷깃 스치는 일에도
미간眉間에 강물을 싣고 다니는 일에
부끄러움을 가리는 오늘은
거울같이 투명한 마음을 보고도

어찌하여 나이 값도 못하는
때 절은 의상을 걸치고
다섯 살 흉내도 못하는 내가
생각할수록 부끄럽다

'12.11.24.

늦가을 풍경

햇살 평범하게 내리는 들길에 서면
등 따습고 마음이 가라앉는다. 이 호사는
알면 행복이고 모르면 투덜이가 될 것이래도
곧게 뻗은 논둑길로 추억들이 여름을 부르지만
여름은 이미 사라졌고 벼 그루터기에 올라오는
푸른 싹들이 늦가을 추위에 떨고 있는
한낮의 햇살은 고맙게도 치근거린다

일어나야 하는가 아니면 사라질 운명 앞에
무슨 저항이 있어야 할까를 묻는 위로의
햇살이 그나마 친절한데

가는 것은 이미 가는 것이고 오는 것은
다시 오는 것이래도 새로움으로 의상을 걸친
지금은 철새들조차 날아가는 길을 헤아리는
뒤늦은 분주가 하늘에
마지막 그림을 그리는 철학개론

망연함에 깊이가 된 들판에
저녁으로 달려가는 바람 소리가 들리면
평범조차 황혼에 빨려들어 손짓을 건네는
햇살은 마지막 미소로 그림을 그리고 있는
살아있어 보이는 가을 풍경화

'12.11.27.

예전에 살던 곳

예전에 살던 곳에 가면
길은 여전한데
사람들은 모두 어딘가로 가고
혹여 알까 지나는 바람에게 물어도
모른다 모른다 윙윙 고개를 젓는
이상한 부호음이 낯설어 기어
발걸음의 무게를 끌고 돌아서니
허무조차 따라와
위로의 말을 건네는 방황 다시
가야할 곳으로 발길을 정하니
어딘가를 묻는 그림자만 길어진다
이승의 길도 이렇거늘 언젠가
하늘 길의 낯설음도 별반 다를 바 없을
방황의 미로 앞에서

내비게이션을 켠다 해도 끝내
대답해 줄 목적지가 흔들리는 오늘처럼
내 갈 곳의 아득함은 물을 수도 없는 고독이
혼자만을 고집하는 설명이었다.

'12.11.28.

긴 항해 앞에서는

출발은 아름다웠고 또 얼마는 그러하였다. 그러나
긴 항해의 길이 이어질 때
슬픔의 그림자가 일렁이고 파도는 영혼을 앗아가는
가락으로 변했다. 갈수록 높아가는 파문 앞에서도
시들 줄 모르는 성깔, 고달픔에 문을 닫고 싶었다.
사랑이라는 그릇은 큰 것이 아니고 생각보다 작은
갈수록 작아지는 의미를 알고 살아가야 한다는 것을 알
기까지는
미로의 연속이었고 항상 진행형이었다. 점차 이견의 길
이 넓어지고
돌아눕는 일이 때로는 증오보다 큰 그림자에 먹히는 이
유가
자주 아주 자주 있었다. 성난 빗줄기가 앞을 가로막고

이유를 물을 때는 대답이 어디 있는지 사전에는 찾을 수
가 없었으니 그런

신호가 전달되는 길에서 살아갈수록 무거운 짐이 내가
살아온 것보다

더 가까운 손짓으로 흔들리고 있었다. 어찌할 수 없는 긴
항해 앞에서는

다만 편히 눕고 싶은 위안의 목록이 전부였다

'12.11.29.

추억

즐거웠다고 말하리 지난날들의 언덕은
돌아보아 꽃피던 시절의 향기 지금도
가슴으로는 가득하기 그윽해도
더듬어 갈 수 없는 추억일 뿐이네

향기 따라 갈 수 없는 머온 길에 서면
바람조차 낯설어 헤매는 세월 등성이
웃고 있던 이름들이 사라진 흔적 앞에 따라나선
폴폴한 그리움의 자욱이 선명하온데

절룩이는 골목으로 자취 이미 사라졌고
돌아보아 아득한 강물은 흐르느라 지친 기색도 없이
반짝이는 햇살을 가끔 손짓처럼 보내는 원경
가는 것들은 사랑만이 아닐지 몰라

가고 오는 일이 마주하는 지점에서
오늘따라 애달픈 가락으로 흐르고 있는
저녁놀의 강물을 손가락으로 적셔
내 마음의 중심에 물감으로 풀어 놓네

'12.11.29.

무대

어느 결에 무대가 변하고 있다
칙칙한 색깔로 흥미와 관심을 팽개친
회색무대의 뒤편 화려한 날들은
이미 가고 없는데
오갔던 배우들은 모두 어딘가로 갔고
빈터에 서성이는 바람과 손을 잡고 앉아있는
늙은 배우의 시름
기다림은 점차 노쇠한 시력에
원근이 섞바뀌는 네거리 신호등
무시로 헷갈리는 일도 관객에겐
고통스런 일이 될 것인데 어찌할 수 없는
줄을 잡고 다시 묻는 행로의 여정
썰물이나 밀물 둘 중에 하나에 편승하여
관객에 즐거움을 줄 시나리오조차
비를 맞아 마지막을 장식할 무대에는
대사가 없다

'12.11.30.

순망치한 脣亡齒寒

이천 노송산 정상에는
까마귀 울음이 산다
도쿄 중심부 정원에서 들었던 소리와
같은데, 올라가고 다시 거슬러
사촌쯤 되는 가까운 거리에 있어
여기나 저기나 소리는 똑같은데
시기와 질투 침략과 약탈의 도쿄까마귀
서로 다른 길을 가는 강줄기가
다른 곡으로 연주하는 슬픔
지척에서 만나면 구분이 모호한데
소리와 소리가 만나 합창하는
그 본질 앞에서 서로
사랑하는 마음을 모아 불을 켠다면
아시아의 등불은 얼마나 따스할 것인가?

'12.11.30.

지 금 은

어디서나 모든 사람들은
폰에 퐁당 빠져
허우적이는 모양이
초점에 모아진
응시의 화면
철학개론이 없는 시대의
눈자위에 엉긴 메커니즘 이미
노소없이 방향이 같은 곳
같은 모양으로 오로지
주는 것만 먹는 편식중
달려가는 행로에
흔들림조차
일정한 방향 지금은
로봇의 시대

'12.11.30.

철학개론

고통의 시절에는 철학개론에
정이 깊어 소중했고
인생 인도引導의 앞자리에 있었다
그러나 삶의 가파른 언덕을 오르던
따르릉의 청색시대 곧이어
흉내의 텔레비전
그걸 지나니 허리춤에서
삐삐소리가 한창 바빠지더니
어느 날 주머니에서 나오는
셀의 울림 이후 사람들은
말을 잃고
정신을 상실하고
진화進化의 물살에 휩쓸리는
또 다른 로봇의 시대 앞에
때 묻은 철학개론이 다시 그립다

'12.12.1.

먼 불빛을 보면 그곳에 가고 싶다

잡을 듯 가까운 것도 아닌데
먼 불빛을 보면
그곳에 가고 싶다
마음이 출발을 재촉하는 일을
이기지 못해 나서고 싶지만
어둠이 가로막은 먼 소식처럼
멀어 오히려 아름다운 손짓인데

그윽한 여인의 속살 같은
산을 숨기고 실루엣으로 보이는
저 관능미의 탐욕 앞에
발길보다 마음이 앞서는 어긋난 순서
지금은 그냥 바라보는 일로 느끼는 허전에
심란의 파도가 일렁이는데

멀리 불빛을 보면
손을 뻗어 잡고 싶다
꽃으로 보이는 두 눈의 환각이
아름다움에 지치는 마음 따라
어둠의 한 겹 옷을 조심스레 벗기면
속살과 만나는 체온에는
기다림으로 무르익은 음성도
들리는 것 같은 속삭임이
어쩌다 먼 불빛을 보면 그리움도
그곳에는 틀림없이 있는 것 같다

'12.12.1.

혁명가

-혁명 · 1

세상을 확 뜯어고치고 싶다
마치 성형외과에 들어가
요기저기 마음에 안 드는 곳을 골라
메스의 끝에서 피어나는 꽃 같은
세상을 만들고 싶다 먼저
여의도 국회의사당을 없애고
(뭐가 되는지 안 되는지 모를 아리송한 집단)
청와대라는 곳도 없애고
(초기엔 그럴 듯하지만 점차 바보요 공적公賊이 되는 이
유를 모르겠다)
그 누구를 신봉하는 사람들을 그쪽으로 보내고(정작 단
한 사람도 안가겠지만)
(3대 세습에도 입을 다물고 잘났다고 변명하는 좌파들
이젠 지겹다) 개 거품을 물고 반대만을 일삼는 자들이나
(타협이나 양보가 없는 제 주장이 최선이라는 독선의 사
람들)

붉은 띠 구호로 높은 첨탑尖塔위에서 의기양양 버티는
투사들이나

(민주라는 수식을 붙여 가장 비민주적인 집단)

나만 살면 된다는 이기심의 모리배들이나

(후려치기와 돌려막기 그리고 배려 없고 공생共生없는
자들)

사기꾼 도적들을 한데 모아(너무 많아서 어떻게 모을 것
인가는 지난至難한 숙제일 것이다)

지구 밖으로 내보내고(나로호는 어렵게도 3번이나 지구
를 떠나지 못할까)

가장 선량한 사람들을 모아 에코의 대한민국을 만들 수
있다면

여의도 의사당을 햇살 밝은 곳에 다시 짓고(토론하고 타
협하는 화합의 의사당)

청와대 또한 아담하게 다시 짓고(대통령이 무슨 위엄이
그리 높아야 하는가. 요컨대 너무 크면 안 된다)

붉은 띠 구호가 사라지고 웃고 사는 공장을 세우고(모순
을 소화하는 양보와 끈기가 필요할 것이다)
　너도 없고 나도 없는(이러면 민주주의가 아닌데) 모두가
행복하고 평화로운 나라 그리고
　웃고 사는 나라를 위해 혁명을 하고 싶다
　총칼로 새벽에 혁명을 하는 일은 아니다. 확 뜯어 고치고
싶은 성형외과 의사가 되고 싶다

'12. 12. 2.

내 시의 혁명
-혁명 . 2

내 시에 목을 졸라 모조리 강물에 던지고 싶다
웅크리고, 쭈그리고, 비겁한 내 시의 모두를 버리고 이제
혁명하고 싶다.
너무 많이 썼지만 단 한 편조차도 마음 밖에서 떨고 있는
이 초라한 모양에서 당당하고 의젓한 밝은 표정의 내 시
를 위해
혁명을 한다. 총칼을 차고 위엄 있는 복장으로 변신하여
체 게바라를 초청해 그의 강의를 들으려고 수소문 끝에
(그가 간 지 40 주년이 되었다)
물어물어 그의 딸 알레이다 게바라에게 물으니
그의 아버지 체 게바라는 "진정한 혁명가는 로맨티스트"
이고
"가장 큰 자질은 사랑할 수 있는 능력이 있어야" 한다는
전언에

　시와 혁명의 유사성에 놀란다. 이 놀람을 치켜들고
　나는 다시 내 시의 혁명을 부르짖고 싶다. 총과 칼을 머
리에서 지우고
　사랑과 로맨티스트의 깃발을 가슴에 새기고 다시 눈물
이 있는
　고독한 혁명을 하고 싶다. 꼭 그러고 싶다

'12. 12. 2.

혁명, 형명

-혁명 . 3

때로 발음이 이상하면 뜻이 이상해지는
혁명을 자꾸 부르짖으면 형명이 된다.
혁명이 형의 이름이 되면 애당초 혁명은
어긋난 이름으로 길을 잘못 든 꼴이 된다
이런 일은 자칫 세상살이에 엇갈린 운명으로
사는 일도 영 딴 길을 가는 일이 될 때
정확해야 하는가 아니면 그럴 것이다라고
체념의 여백을 넓혀야 하는가는 모호하다
어떤 사람은 경상도 또는 경제라는 말에
갱상도, 갱제라 해서 고개를 넘어갔던, 하여
갱제가 되어버린 일과는 상관이 없을까
오늘은 혁명을 하고 싶지만 자꾸
어긋난 해석을 하게 되는 일은 자칫
변명의 혁명을 하고 싶은 내심이 아닐까

'12. 12. 2.

아내의 혁명

－혁명 · 4

새벽에 일어난 아내는 부엌을 온통 뒤엎어놓고
하나하나 버리면서 다시 버리면서
물건을 정리한다. 아마도 소용과 불용이 구분되는
그의 눈에는 예리한 메스가 필요의 성을 쌓고 있다
내가 보기엔 멀쩡한 물건이 비수ㄴ首의 칼날을 맞아 쓰러지
는
아내의 혁명은 불안하다. 아내가 한눈을 파는 사이에 얼른
감추어 따로 보관하여 한 생명을 구제하는 내심은
누가 아는가 언제쯤 다시 뒤집히는 혁명에서 버려진 운명
들이
숫구쳐 일어나 권력을 장악하면 내 아내의 초라함을
변명해주고 싶다. 달그락 소리 들리는 물건들이 칼날의
춤에
두려움을 감추고 살아가는 불안이 북쪽 어딘가에서 꼭
일어날 조짐 같아서 미소를 감추고 바라보고 있을 뿐이다.

'12.12.2.

혁명은 아름답다
-혁명 . 5

변하라, 변해야 한다 아름다움은 혁명을 이룩하는 완성이
아니라
혁명을 수행하는 과정에서 돋우어지는 이름이거니
완성은 시작이요 결코 그대의 전유물이 아닐 것이다
변하는 것보다 변화의 결과에 공포는 결국 그대를 온통
잡아먹는
희생이 되지 말고 죽더라도 용감한
전사의 패기로 주검을 선택하면 아름다움을 갖춘
그대의 사랑은 사랑보다 더 빛나는 의상을 걸치는
화려함에 더욱 빛나리라
변하라, 변해야 한다. 혁명은 결코 행동이 아닌 그대
마음속에 담겨진 순수와 사랑만이 일으키는 어떤
힘이라는 것을 믿어야 한다. 시작보다 아름다운 것은
없다.

그러나 멈춤이 없을 때 시작은 빛나는 목적지를 손짓하
리니
우선 떠나라. 홀홀 바람 따라 그대 혁명의
아름다움은 깃발을 날리며 기다릴 것이니.....

'12.12.2.

종점에 이르면

서둘러진다. 종점에 이르면
마음이 급해 보호 벨트를 풀고
짐을 챙겨 가슴에 안고 조바로이
먼저 내릴 준비에 여념이 없는
도착의 신호가 울리면 달려 나가는
순서의 역전에 쾌감 같은
내 운명의 길이 어디까지인지
가는 곳 정해진 일이래도 먼저
가고 싶은 이 초조는 무슨 불안일까

종점에 이르면 기다려진다. 사랑으로 엮어진
사람들의 모습에서 읽어지는 미소
그렇게 빠진 강물이 설사 깊다 해도
행복한 이유밖에 아무것도 없는
순수라는 공간에 저장된 사랑
그 이름을 만나면 된다

불빛이 환한 지척의 거리에서
내 서두름은 이유가 없을지라도
발길을 재촉하는 운명 그것이
아무런 의미를 설명하지 않아도
가슴에 가득해지는 사연만으로도
내가 사랑하는 기다림은 무게가 읽어진다.

종점에 이르면 마음 서두르는
이 촌스러움은 그래도 고칠 수 없는
병 중에도 유다른 병이라
부끄러움이 커진다. 종점에 이르면

'12.12.2.

당신은 내려야 한다

이제 그대는 내려야 한다. 머물 곳에 이르면
누구나 명령이 다가오기 전 목적지에
파란불이 들어오고 발길을 재촉하는 순서가
속도를 더하는 길에서라도 더 이상 머물 수 없는
덤불가시 엉킨 난전에서 머뭇거리지 말라
갈 곳이 있다는 곳에는 갈 곳이 없고
갈 곳이 막힌 곳에는 길이 열리는 운명을 믿느라면
슬픔조차 변하는 이상한 반응 그러나 그대는
내려야 할 곳을 정하고 내려야 한다 설혹
미련의 줄기가 그대의 발목을 붙잡을지라도
자를 수 있는 칼을 가슴에 품고
멈추기를 요구하는 신호 앞에서 당당히
고독한 보폭을 앞세워 내려야 한다
운명은 그대의 것이기 때문이다.

'12.12.2.

남의 시를 읽으면

눈이 커지고 마음이 황홀해진다
어쩌면 그렇게도 요긴하게 골라
적재적소에 잘 맞춘 아귀의 맞물림
남의 시를 읽으면 내 키는 자꾸
작아 걱정이고 마음이 허전해진다

달려가는 보폭에 맞추려는 마음이
허랑의 파도를 타고 한참 흘러가다
주위를 둘러보면 모두 화려한 웃음에
지질린 내 시의 키가 부끄러워
체념을 감추느라 분주한 모양에 젖는다

때로는 비교가 아픔일 수 있고
스스로를 잃어버리는 일이 안타까워
다시 일어서는 연습을 숨어서 계속할 때
나를 위로하는 것은 나와 함께 사는
바람 한 줄기의 서늘함이었다

내가 나를 사랑하지 않으면
남이 나를 사랑할 리 없는 결론 앞에서
의지의 나무를 키우는 일이 숙명이라는
답안을 스스로에 제출하고 비로소 나는
내 시에 통로를 열고 걷기 시작했다.

'12.12.2.

T.S. 엘리옷 씨에게

나는 당신을 두려워하지 않는다. 이는 당신이
나를 두려워하지 않는 이치와 같은 그러나
당신의 시가 우뚝한 나무로 다가올 때
시원한 그늘에 앉아 꿈을 꾸었고
프르푸록 연가의 골목을 배회하느라
조바심이 커지는 당황 앞에서 때로
길을 잃어 조난 신호를 보내는 일이
내 젊은 날의 추억이었다

나는 당신을 두려워하지 않았다. 그대가
미국에서 영국으로 거처를 옮긴 사연보다는
내가 남북으로 갈라진 이 땅에서 시련의
시대를 지나왔다는 자긍심을 그대와
비교하고 싶은 생각이 없는 이유는
내 나라를 사랑하는 단 하나의 이유라면

나는 그대를 존경한다. 장황보다는 짧은 한 편의
논문에서 무한 깊이를 건져 올리는 재주가
한없이 부러운 사연은 그대의 키가 훨씬 크기 때문에
그대의 그늘에 앉아 명상의 길을 재촉하는 것도
고마움 중에서도 참으로 고마움이라는 고백

참으로 엘리옷 씨 내 젊은 날은 그대가 있어
작은 숲을 찾아가는 길을 만나는 즐거움 앞에
오늘은 첫사랑의 고백처럼 정중한 인사를 올립니다.

'12.12.2.

적막을 입는 밤

깊이에 이를수록 아득해지는 것도
나이가 알아서 깨닫는 일이래도
불면이 하 깊어 한숨이 나지만

아침이 눈을 뜨고 다가오는 길을 알아
기다림을 키우는 전전반측 더불어
지루함을 벗어나는 자유가 실종되었고
적막이 이끌고 가는 보폭을 따르느라
가슴이 답답하다

용감하게 뜻대로 살 수 있는 젊은 시절과
그 반대의 경우가 되면 어쩔 수 없는 순리 따라
체념의 강이 깊어지는 사연도 나이 든
시절에서 맞는 특허일지니

이리저리 배회하는 어둠을 입고
별자리에서 다가오는 작은 불빛들이
창틈으로 다가오는 길을 셈하는 것도
적막에서 알게 된 지혜일 것 같다

'12. 12. 3.

화장실의 명상

화장실에서는 누구나 철학자가 된다
본능과 욕정이 한꺼번에 빠져나가는
차라리 허기는 그때 찾아오는 손님
한 가지 공통점으로 모아드는 평등

오래전부터 이즘의 시초는 화장실이었다
욕망과 비례해서 배설의 통로가 같다는
기하학적인 오묘의 학문이 들어있고
오는 것은 가야 한다는 답안이 모범이 되는

순환의 생명이 길을 만드는 곳이기에
위대한 발명이 천대賤待처럼 멀리 두는
자기를 부정하고 맞아들이는 실체 앞에
결국 물세례로 보복하는 모순의 소리

자연에서 온 것은 다시 자연으로 가야하는 길이
물에 막혀 멀리 우회의 또 다른 길에 떠도는
회복에의 덧난 상처가 다시 돌아가는 두려운 방향
화장실은 철학의 길을 찾아야 인간은 편할 수 있다

'12.12.3.

의 자

당신의 체온이 아직 남아있는 곳에
또 하나의 체온이 더하면
따스함이야 깊이로 가는 사랑인데
하나에 하나가 어울리는 운명에는
꿈조차 여유로워 밝은 빛이네

네 다리를 포개어 바라보는 명상의 시선
항상 물기에 젖어 기다리고 있더라도
막상 다가올 반가움보다 으레
뒤돌아봄도 없이 가버리는 쓸쓸함의 그림자

다시 기다림의 목을 세우고
비워 놓은 공간에 그대의 체온이
숨소리를 채워 놓는다면 기다림은
키가 길어도 행복한 순간인 것을 알면서

햇살이 황혼과 짝을 맞추는 때까지
하루의 종점에서 그대의 마음 받아들이는
불 밝은 따스함이 다할 때까지 운명처럼
다가올 발자국을 헤아릴 뿐입니다

'12.12.3.

계륵 鷄肋

가장 진실한 말을 하는 것처럼
연출을 잘하는 사람 그의 입에서 나오는
말은 순도 99%인 듯 위장으로
비극 곁에 머무는 위선, 설사 거짓말도
거짓이 아니라고 우기는데서 경륜은 빛나고
변명의 골목이 화려해진다
개혁을 말하면서 자기는 변화가 전혀 없고
남 탓만을 열성으로 말할 때
사람들은 항상 그의 입에서 나오는
변화, 변화 앞에 굴복당한다. 이 우려는
잔치판에서 더욱 기승을 부리지만 막상
잔치가 끝나면 언제 그랬냐는 듯 태연자약한
무리들, 싹 없었으면 좋으련만 그럴 수도 없는
이를 계륵鷄肋이라 부른다는 문제
정답을 써주십시오

'12.12.3.

나는 당신을 위해

이제 나는 아무것도 할 일이 없습니다
당신을 위해 바쳐야 할 아무 것도
강물 흐르는 깊이 깊이에 있던
서글픈 순정의 깃발이 가슴을 떠나
삭풍이 소리치는 들판에 저 많은
나뭇잎들의 순장殉葬을 봅니다

이제 나는 당신을 위해 할 말이 없습니다
무성해서 오히려 가림으로 살았던 것들
바람결로 사라진 텅 빈 고요의 들판
오래 오래 간직했던 사랑이
새삼 기억으로 엮어진 노래 이외에
바칠 가락조차 여위어 가슴이 아픕니다

이제 기억의 마른 줄기를 흔드는 마음에
머리칼 날리는 갈대숲 가까이에 서서
얼음장 밑으로 흐르는 물살이 닿는 아득한 곳

봄날이 올 때까지 다만 안녕을 되뇌이는 가슴이라
그 가슴을 간직하는 임무일 뿐입니다

이제 눈물보다 순수한 이야기를 모아
꿈길 다하는 어딘가 먼 곳
당신이 머무는 곳 이르기 위해
작은 길을 열어 가벼이
문을 두드리는 소리에 다가 올
사랑을 기억합니다 그리움을
깊이깊이 심습니다*

'12.12.5.

달빛의 무게

초판 1쇄 인쇄일	2013년 2월 27일
초판 1쇄 발행일	2013년 2월 28일

지은이	채수영
펴낸이	정구형
출판이사	김성달
편집이사	박지연
책임편집	심소영
편집/디자인	이하나 정유진 이원숙 신수빈 윤지영
마케팅	정찬용 권준기
영업관리	한미애 천수정 김소연
인쇄처	월드문화사
펴낸곳	새미

등록일 2005 03 14 제25100-2009-8호
서울시 강동구 성내동 447-11 현영빌딩 2층
Tel 442-4623 Fax 442-4625
www.kookhak.co.kr
kookhak2001@hanmail.net

ISBN	978-89-5628-612-9 *03800
가격	9,000원

* 저자와의 협의하에 인지는 생략합니다.
  새미는 국학자료원의 자회사입니다.
  잘못된 책은 구입하신 곳에서 교환하여 드립니다.